望星空

WANG XING KONG

余小梅◎著

安徽师范大学出版社
ANHUI NORMAL UNIVERSITY PRESS

·芜湖·

图书在版编目(CIP)数据

望星空 / 余小梅著. — 芜湖:安徽师范大学出版社,2023.10
ISBN 978-7-5676-6311-4

Ⅰ.①望… Ⅱ.①余… Ⅲ.①诗集-中国-当代 Ⅳ.①I227

中国国家版本馆CIP数据核字(2023)第142469号

望星空　　　　　　　　　余小梅◎著

责任编辑:吴　琼　　　　　责任校对:赵传慧
装帧设计:王晴晴　汤彬彬　　责任印制:桑国磊
出版发行:安徽师范大学出版社
　　　　　芜湖市北京中路2号安徽师范大学赭山校区
网　　址:http://www.ahnupress.com/
发 行 部:0553-3883578　5910327　5910310(传真)
印　　刷:江苏凤凰数码印务有限公司
版　　次:2023年10月第1版
印　　次:2023年10月第1次印刷
规　　格:880 mm×1230 mm　1/32
印　　张:7.75
字　　数:100千字
书　　号:ISBN 978-7-5676-6311-4
定　　价:26.50元

目　录

祭　奠

致爱情及类似的东西

人生的悖论

行走的灵魂

随　感

礼赞生命

001 | *很爱很爱你*

很爱，很爱你，

拥你在怀里，

端详着你每个细胞都稚嫩的小脸，

呼吸着你浑身甜甜的气息。

在你褐色眼眸里，我又看到了自己，

一样的褐色眼眸，一样的童真小脸，

再也没有了苦难，没有了离别的哭泣。

只有我们徜徉在灿烂的阳光里，手牵手，

采花、捉虫子、捕蝴蝶，还有贪吃冰激凌，

"哈哈，妈妈，我又抓到了一只小青蛙。"

"孩子，青蛙宝宝迷路了，快放他回去找妈妈吧！"

——致幼儿的你

七月雨停，

蜻蜓低空盘旋在绿茵，

十三岁少年挥着树枝想要击落这一架架飞机；

机敏的身手，一个惊喜！

无畏地问同伴：这是公的还是母的？

一脸无知。

那无知无畏轻快的欢愉，

让多少成年人叹自己的老气横秋；

眼前，这白雪般的少年，

唤醒我们对那纯真年华的记忆！

——致少年的你

003 | 生命的叽叽喳喳

四岁的玲珑，

叽叽喳喳叽叽喳喳叽叽喳喳；

喷洒的洗澡水珠也阻挡不了你火山般话语的迸发：

妈妈，我的大脑四分之一是古诗，四分之一是奥

数，四分之一是书法，还有四分之一是唱歌；

妈妈，我想起哆来咪，有一首歌，

你听我唱，这首歌可能是我们一家才会的，

我们唱吧：哆咪哆，唆咪哆来唆咪来；

妈妈，两个来西就是四分音符，可是我不小心把

它唱成了二分音符；

不过没关系的，顺着这个唱法，你就能找到我

了，也许这个世界上只有我们才会这首歌；

唱这首歌的时候我觉得很自由。

妈妈，你觉得是自由好，还是不自由好？

妈妈，我怎么第一次看到五星级酒店有旧毛巾？

妈妈，今年真是奇怪的一年，是吧？到了大暑才热。

妈妈，"女人比男人少一根骨头"这句话是什么意思？

我的想象力还是很丰富的，是吧？妈妈。

妈妈，我在你肚子里有没有哭过？

妈妈，我有没有把你肚子踢得跟足球场那么大？

我就踢来踢去，

踢来踢去。

……

叽叽喳喳

叽叽喳喳

真想片刻安静，真想用口水熄灭内心的沸腾，

两只耳朵，紧闭；两只眼睛，盯住电脑屏幕；

假装认真，假装若无其事，假装世界全无。

可鲜活的生命一声声张扬着无法阻挡的气场，从

浴室到阳台。

那是最初的一抹清晨，

清凉的睡意依然朦胧；

耳际传来一阵紧过一阵的卖力叫声，

响亮高昂，

似黎明的赞歌，

似野战场的冲锋号！

"呜哇呜哇哇"，

庐山上的蝉——肺活量真大！

惊艳了城里张不开嘴的"嗞——嗞——"同类！

纤手抱在一棵棵长满绿、灰苔藓的参天古树

皮上，

他们在晨歌；

他们在操练；

他们在唤醒每一段缠绵；

五点三十分

——这让人欢喜让人恼的大自然闹钟！

不管你喜欢还是不喜欢，

这在泥土里等待、酝酿了两年、三年甚至十七年

卑微的生命，

勇敢地爬上了高高的枝头，

在火辣的夏日里尽情地释放！

生之如斯！

不管你喜欢还是不喜欢，

这夏日歌手的放喉，这自然之子的呐喊，

一遍遍准时而坚定地响起在夏的庐山！

005 | 暖 男

你走在我的前面，

倏忽就看不见你的身影，如武侠小说里的侠客。

当我以为跟不上你的时候，

却发现你就在路口昏黄的路灯下，

朝我这边望了一望。

等我快赶上，

你又如小虎一般，

迈了一个交叉路口。

一个，两个，三个，

正是你在路灯下的等待，哪怕只是一分钟，

哪怕只是一个偶尔的回望，

母亲的心便是温暖的，

原来，儿子，你冷酷的外表下隐藏着一颗善良而温暖的心。

——致青春的你

感　恩

006 | 感恩东南大学

母校

洁净宽阔

草树绿荫

道路四通八达；

走在校园里，

我不禁在所有生灵面前大声宣告："这就是我的

母校！"

这就是我的第二个大学母校，

是您张开宽阔的怀抱接纳了一个大龄女子，

博爱让您如一个不嫌儿穷的母亲。

曾经的卑怯无知在这里被涤荡，

虽然夹杂着些许破茧的痛苦；

但一个宽阔的世界将我引领，

一个供我翱翔的天空在眼前铺展；

我爱您，母校！

我不知要怎样才能表达这匿藏心底却又闪烁于眼中的爱。

三十岁的我，

不禁在驰骋的摩托上，放声高歌：

"感谢命运，感谢阳光，感谢大地，感谢生活，感谢您！"

夕阳西下，新的一天又要来临，

我问自己该怎样做，才能配得上您的荣光和博大？

涌动的是决心，

决心为您的荣光再添一点美丽。

独坐九龙湖畔的木椅，

一片广阔细碎的微波；

金黄色的夕阳，

浑身耀眼的辉煌；

一点点，一道道，

舒躺在透明的湖面；

耳边穿梭芦苇的风声，

似声声沙哑哭泣；

苇叶一次次垂头，

似乎害怕苇丛里窜出鬼怪；

偶尔随风而飘的是小虫小鸟的鸣叫，

鱼跃湖面，

扑通击碎了博大的宁静；

车，银色蛇行湖畔，

如此的自然洞天，

如何就静不下这心情、这湖面？

她给他发了一条信息，告诉他，芦苇深处

一对恋人在上演琼瑶版的惊天动地，

"让我死，就在这里。"

"怎么可能？我不会让你离开我半步的。"

"那你有没有想过，我们的出路在哪里？"

"大不了，我们一起远走高飞……"

他回复：

惊天动地之后，才有风平浪静。

多少女子渴求琼瑶笔下至死不渝的爱情，

可那只是永不可企及的泡沫，

而这个泡沫曾将多少年少的我们淹没。

008 | **无题（一）**

藤蔓的花在风中轻摇慢舞，

似临风仙子，袅娜多姿，

自然，生而美；

花蕊里

一只只蜜蜂撅着屁股采着最香甜的蜜，

人当如蜂，生而勤；

落英缤纷的花径，

让人不觉绕而避行，

人，生而善。

是自然的美滋养着我们时而疲惫的身心；

是勤劳创造了自己向往的生活；

又是善良包容了一切。

009 | 浇 菜

再次置身于学生当中，

一堆堆书籍，

一排排书架，

一辆辆自行车，

一顶顶彩色雨伞，

双肩背包，

同样的切切耳语，

同样的阅读伙伴。

少年的她被派去挑粪浇菜，

时髦女孩捂着鼻子问：

"你可闻到臭味？"

"闻不到。"

"臭味都随风飘到后面了。"时髦女孩不失时机地解释。

不需要解释，其实。

这对于一个十六岁的女孩只不过是家庭责任的分担，

臭味，坚定了她对想要生活的追求。

梦中人，没有到梦中，

天太热，或，路太长，

铁轨也难达；

梦中人，来到了梦中，

却只在梦中；

无从摆脱，却又无法留住，

只当灵魂到郊外的花园游历了一回；

建一座心灵的港湾、留一块圣地，

让一切在这里自由生长，

这就是我的清雅斋。

011 | 幸福时光

观一场八十年代黑白电影，

看一会儿书，

萨克斯《回家》的音乐在大厅洪亮地响起；

骑着单车，

掠过淡黄色迎春花丛，

穿过涂鸦的校园隧道，

男生女生一道，

在昏黄的路灯下。

爱情，

如新刈的青草香，

在四月的夜，弥漫，

闻一闻，已沉醉。

电影和现实的画面交错，

斑斓一片。

看电影、阅读、骑单车、听音乐、闻青草香，

幸福如此简单，

让它如此循环。

一件特殊的礼物

包装精美的十二寸蛋糕被一辆巨大的四轮货车哒哒哒地送来，

"为什么要这么大的车送？"

"可以一次送好几份。"

哦，原来整个大世界有很多生于此日的人啊！

想安静看着他，

看看此刻是不是依旧美丽；

想温柔地拥着你，

告诉你生子对于世上的妈妈多么不容易；

想与你们分享……

可，你们都那么忙！

蛋糕被轰轰烈烈地送来，

却被一套房、一个人沉默注视；

做饭吗？洗衣服吗？打扫卫生吗？

不如

给自己放一天假！

送自己一个什么都不去做什么都不去想的自由！

心无旁骛是一件多么特殊的礼物！

013 | 致山村里的一棵银杏树

瘦弱的山水冲刷成溪涧，

你伫立为伴，

夜以继日，目睹光明与黑暗的交替，

春去秋来，倾听山间鸟鸣的孤寂，

却从来不曾将它离弃。

每当我们，

前来祭祖，仰望你之际，

你是否替祖先感到了些许亲昵和慰藉？

当汽车嗒嗒响起，

搅动一村宁静，

你是否希望能够挪动脚步将亲人迎接或送离？

你生长在祖先之地，

盛夏，满身碧绿，

深秋，一树金黄。

盎然，

似忠诚而光荣的卫兵，

独唱一曲爱乡的赞歌。

望春花

七十年代的山冲，

极度贫穷；

如豆的油灯，

昏黄的光晕，

白米饭都难寻；

八十年代，

扶贫的春风吹进了山冲，

第一次听说望春花的种子可以入药，

很贵很贵；

全村发了小树苗，

田间地头都在盼：

望春花何时开放？

洁白大气的花，成片开；

黑色皮壳里是红色的黄金，

小村落的土屋瓦房竞相变成水泥房、楼房，

有了电视，有了白米饭；

有了猪肉，有了自来水；

望春花下，母亲紧握大学生的手。

2021年，《望春花》成了优美的歌一首，

在新时代巩固脱贫成果的典礼上，

女高音歌唱家将它唱响：

心怀安宁是故乡。

015 | 齐云山的"雲"

一把折叠纸扇，

只一个"雲"字，

齐云山道士的礼物：

观"雲"识天下；

墨写的"雲"构成黑色的山脊，

平顶，沟壑，险峰，

曲曲折折，

雄浑一体；

崇山峻岭之外，

留白，

不禁引思"荡胸生层云"；

有形与无形，

相抱，互生；

齐云山顶月华街，

风起云涌雾升，

忘不了那一刻，

山居者的慷慨，

一过客的真诚。

世事，

如云，

如"雲"。

祭奠

窗外一朵花

窗外一朵花，

开在模糊的视线里，

在绿叶和灰土的映衬下，

格外闪耀着嫩黄色的生机。

上苍赋予了你丰富鲜亮的生命，

却在顷刻冷酷地夺走另一个人的呼吸，

——那是仁父。

至爱无语，

就这样去了，

鲜活的生命带着渐散的温度，

悄无声息地，

走远逝去；

来年花可以再开，

仁父却不再来……

017

爱是永恒的眷恋

爱是永恒的眷恋。

七十四岁的你，

踩着最早的黎明晨曦，

从床那边摇摇摆摆地走来。

伸出满是老茧的双手，

抚摸着我受过伤的腿，

满眼不舍与疼爱，

怕惊扰了我未完的睡梦，

默默，你又走开。

上苍，怎么认定这就是你此生给我的最后一次

温暖？

几个小时后，一扇门即将永隔你我，

趴在你僵硬的身体上，

一刹那，

对着你冰冷紧闭的双唇，

七十岁的我还给了你六个响亮的亲吻，

以示我们这辈子至死不渝的爱情！

没有人懂得我平日对你的责骂，

没有人明白你的顺从不是懦弱；

是啊，至死，我也爱着你，念着你，疼着你！

哪怕荆棘刀子割破我老迈的双手双腿，

也要铲除覆盖和袭据你身体周围的杂草刺木。

殷红的鲜血染红了我的裤腿，

可我一点也不觉得疼，不觉得痛！

那是因为我心疼着你，至死也不渝！

祭奠仁父

父亲，我最仁慈的父亲！

千呼万唤再也唤不起你憨厚的回应，

千跪万拜再也启动不了你的心跳！

九点钟温暖的秋阳，

洒在故土的漫山遍野，洒在你即将重建好的新房上；

满怀欣喜，满怀期盼，

吃饱了，服了几年来一直服用的药，

"来，我们一起搭好这张床吧！"

连自己都不知道死亡的恶魔正张开双臂迎接你，

迎接着你。

爱，是无言的沉默，

爱，是无语的追求；

顷刻，你倒下，无言又无语，

双眼还在看着四处亮堂堂的新房，嘴巴张开寻找
着人间的呼吸；

可是一切终了，

终了在自己未完的梦里。

从此，一座孤坟土丘在暮暮的故土森林里，

隔世遥望，遥望那盘曲山路上有没有亲人前来
祭拜；

思啊，念啊，想啊，悔啊！

再也不见仁爱的您摇摇摆摆地从远方走来。

019 | 守候

　　每个清晨，我守候着你，一杯浓茶，一份早餐；

　　每个黄昏，我守候着你，一份热腾腾的晚餐，一盆热水；

　　半个世纪，我守候着你，就这样不离不弃。

　　可是，上苍如此吝啬，竟不赐你想要的一丝呼吸；

　　你放弃了温暖的此生，放弃了华丽的世俗，放弃了不舍的我！

　　我决定在我们亲手重建的新房里，

　　守候着你到七七四十九天，

　　让你的灵魂和爱与这处处昭示着爱的明亮的新房同在，

　　与我永在。

020 | 筑 房

筑房，筑房，让我成为你的新郎，

迎进你和朝阳，

我的心里喜洋洋，

七个孩子在这里成长，

展翅飞翔；

筑房，筑房，三十年之后重筑我们早已破败的新房，

倾我们风烛残留的精神和力量，

古稀之年一样期盼亮堂堂；

筑房，筑房，却独留下了你为我筑一间房，

一间人世最小的房，

什么物品也不能置放，

只有着青衣的我静静地安躺。

忘了您最后一次对我说了什么，

却没有忘记您最后一次炒的菜。

那是一小盅青椒肉丁，

我都惊讶于这方方正正的小小肉丁出自您老迈的

双手，

青的椒，酱的肉，可是总觉得缺少了点什么。

忘了您最后一次在哪家闲聊，

却没有忘记您最后一个心愿，

"……过两天房子做好了，我要去南京玩……"

忘了您最后一次的眼神，

却没有忘记您最后一次的体温——那柔柔的温暖，

至今还印在我的心间。

| 那夜，第一次梦见你

匆匆忙忙，却不知在干什么，

明明是我们姐妹几个要带您和母亲一起去古都金
陵的啊，

可为什么，只眼睁睁见您头也不回，

如此决然洒脱地登上了南下的火车，

向我们呆望的眼神，挥了挥手，

一人独往了呢？

抛下了我们，

却留下如此长长久久的思念！

烦心的俗事扰了我的心，

我决定偷偷懒睡个黑天昏地。

梦，走来了。

惊讶的是，父亲穿着一身酱褐色的袄子，帽子把

头包起，

坐在新房门前的平地上，

望着我带着孩子从穿过村庄的那条小河的岸边

走来。

小河正在发洪水，

浑浊漫漫的河水从村头翻涌而下，

冲走了一切。

父亲似是知道我的苦恼，

表情凝重，夹杂着无奈，些许恼怒，

他似乎只能借这洪水的力量。

洪水带来新生的契机。

024 ｜ 麻 木

清明节、中元节、重阳节，

香纸、冥币、鞭炮，

对故去，我已麻木，

麻木，不再洒一滴泪；

叩头、鞠躬、合掌，

一遍一遍形式地重复，

一个个感情细胞在衰竭，

厌烦如梦般生长起来。

望空茫青山杂草地，

旧墓处又添新坟，

九九八十一层架子，

空了又满，满了又空，

又一座碑立在圆石滚动的狮子山间。

025 | 又到中元节

年年七月半，

暑热到寒凉的节点，

黄昏四处鞭炮响起，

那是对故人的热烈呼喊，

"天凉了，请收这些烧去的香纸，做几件保暖的

衣物！"

风裹挟着片片灰烬旋转直上黑暗天际，

亲人健在时的记忆碎片如他们穿过的旧衣。

那时中元节的黄昏，母亲总是带着我，

给她的父母烧纸，诉说；

亲人啊，余生哪有机会重新来过？

焚烧香纸都成为遥远的过去，

今夜，唯有两杯美酒祭故人，

今夜，唯有内心的思念在隐隐升起。

祭

奠

张柏然先生五月二十六日下午仙逝，那是周五。

师恩无以报

感念记心中

含泪作诀别

薪火相续旺

再见，南京

——刘华文（上海交通大学教授）

街灯

孤影

独行

吾师已去

叹伶仃！

——刘华文

师，离去.

泪流……

学生的背影，

何以如此的孤独？

任雨滴。

一个人走一段路，

一颗心灵已成天边的启明星，

在你回望的时候温暖地看着你。

027 回 乡

总梦想着回乡，回到魂牵梦萦的生养之地，

可回乡又是一件多么难的事！

望，那山高高，水迢迢，

乡路不知蜿蜒至何处；

开始腐朽的肉体何以支撑着渐重的乡思？

冷风萧萧，

乡愁满腹，

无处可诉，

故乡只剩下至亲的坟墓；

真想，如去麦加朝圣的信徒，

一步一跪，

亲吻那双脚曾经踏过的寸寸土地！

山顶风力发电扇，宏大如天启；

曾经，一个瘦弱女孩站在高高的枞树枝上，

捋糖，

一阵风过，她几乎被摇晃的树枝甩下山脊。

祭

奠

故园是无声处一声深沉的叹息，

是眼眶里一颗晶莹的泪滴，

是游子心中不灭的念想。

返故里，

寻寻觅觅，

却是满眼冷冷清清，尘埃封印。

故园，多少千秋家国梦，

多少风雨离别情，

今都付与谁听？

029 | 异乡，故乡

深夜走在城市无人的街口，

似遥遥听见你起伏的呼吸。

那是故乡质朴原始的生命气息，

故乡低柔的风之呢喃，

孩儿啊，故乡！

城市的游子在呼喊。

终于回到郬豆长蝶飞的地头，

炊烟袅袅，白雾缭绕，

寂静如一个世纪。

一切又在脑海里幻化成高楼大厦间地铁高铁飞机

的穿梭；

那是什么？

城市肌体有节奏的击搏。

我，已是城市的一个零件，怎流落在这乡间陌陌的小路？

故乡啊，异乡！

故土的泊客生出无尽的怅惘！

终于，别离了，

别离了过去，

别离了那故园。

何须要泪眼婆娑？

何须要频频回望？

那里，依稀的童年伴着晨雾在山尖缭绕，牛犊沉默嚼着青草；

那里，泥鳅河鱼在指尖滑过，溪水潺潺不知流向何处。

是谁在耳畔轻轻吟唱：将过去遗忘，将过去埋藏；

又是谁如风缠绵低语：舍却过去，何以现在？

心爱的人啊，生活到底要我们怎样？

故园，永远是一个答案。

031 | 你是谁？

炎炎夏日，

公交站台，

目送我上车离开，

深情地翘首，

让我至今还为失去你痛彻心怀。

你，人间最清醒，

任何异常，你都发出警报；

你，人间最忠诚，

陪我们游园逛街，

在商铺台阶上等待；

一只飞鸟停歇在荷尖，

你竟然可爱到跳入菱湖荷塘去追捕小鸟，

奋不顾身。

你到底是谁？

小学校长说：中华田园犬。

对，你的名字叫"灰灰"。

致爱情及类似的东西

为前世未果的缘分，

为今生短暂的相逢，

也许是在五百年前，

我祈求上苍让我在失意的时候遇见你；

于是不经意间，

微笑着的你，

走入了我的眼帘，

春风，细雨，暖阳，

我终于看到春天来临，

跨越了料峭的寒冬。

今春，梅花别样地灿烂，

今年，梅树满枝的硕果。

挪步于静谧的校园，

洒下临行前满目的留恋，

为曾经在此搏动的青春，

为曾经细腻的情感，

也为心灵深处甜甜的感触。

如同两个不同轨道的星体，

钦慕着彼此的光亮，

却又得游离于彼此的世界之外。

浪漫，

开在不再花季的时节，

叮咚的琴声，如此的诗意！

萌动诗意的校园，

我却要告别于此，

真想和着指间流淌的琴音，道声"珍重"，

"轻轻的我走了，正如我轻轻的来，

我轻轻的招手，作别西天的云彩。"

我虔诚地鞠着躬，

捧着我满怀的祝福，

别了，化作西天的云彩，

在你偶然回眸间，

便看到了我绮丽的身影。

别离，

留下我为你写的美丽的诗。

致
爱
情
及
类
似
的
东
西

033 | **黑夜开门**

秋风瑟瑟，

夜晚的黑暗挡不住灯火的通明。

披一身寒风，

靠近了那扇门，小心怯怯；

无意中，

抬起了头，

门开了，

是你，

在北方室内外冷暖交替的空气里，

吉他在弹奏，

细细的弦被轻轻拨动。

墨一般北方的寒夜，

怀抱你的吉他，如同宝贝情人，

在满屋崇拜的眼神里，弹奏《加州旅馆》：

Then she lit up a candle

and she showed me the way

There were voices down the corridor

I thought I heard them say...

时间是1995。

致爱情及类似的东西

034 | 剪　发

思绪，

如同散落在双肩的长发，

沉重地压在头上。

立刻去剪发！

剪去风起的飘逸，

除去头顶的苦恼，

带着缕缕的不惜，

迈出了脚步，

去理发店，

任何一家！

剪去这无穷的烦恼。

零落在地上的碎发，

短短长长，

玷污着地百的洁净。

顶着干练的新发型，

问自己，

发短了，烦恼短了吗？

一切，从头来。

035 | 一个家

看到你搭着他的肩膀，如小鸟般轻盈快乐，

我对爱情的信心又回来了；

多少年的疏远间隙，

在这隔离期里变成了亲近和依依；

好了，爱情的乌托邦就在眼前，触手可及；

直播里甜美的笑，这就是家的幸福味道吧？

清晨公园，步伐匆匆，

你，提着豆浆小心翼翼，

这，是对家这个中心的责任吧？

冷风凛冽的江畔，

午后的你急匆匆地回奔，

在十字路口向她打着急切的手势，

这是你爱的秘语吧？

洗了澡后，

衣着单薄，

他催你加上衣服，

这就是家的关怀吧？

家，最终浓缩为一杯温暖的关爱。

阳春三月，

穷追不舍，

亦步亦趋；

咕咕咕咕，

点头鞠躬。

在你灵秀的身后，

我如此努力，

展示着

我的美声歌喉，

我的健壮体魄，

我的谦卑诚恳。

从隐蔽的灌木丛飞到这光亮的水泥围墙，

无视人类的目光，

你，可听到我的渴望？

你，这瘦弱的家伙，

竟然只是昂着头，

用一只眼眶斜瞟了我一眼，

如此不经意，

却又如此举重若轻。

037 | 彩虹桥

爱在不经意时，来临，

又在不经意间，消逝，

只留下，彩虹般的霓影，

在心的桥上，

迷茫，迷惘；

目光无限落入滚滚的秦淮河，

不见底的，桥下的流水，

桥身在隆隆而过的车流声中震颤，

窈窕的身段，

如一道彩虹，

却要努力承担这生活之重。

虚拟相逢

相逢在留言板上的刹那，

一丝震颤掠过心海，

亮着的两颗小蜡烛，

闪着微黄的光，

似乎你我之间已横跨千年，

却在这咫尺的网络空间里，

相逢。

相逢？

我不禁有点慌乱，

如同见到了一位期盼已久却又不愿再见的故人。

故人，

就告别吧，

让破碎的平静回来，

伴我度过这平凡但满足的一生。

不再相逢吧，

远离，

这虚拟的网、虚构的情；

退出了登录，

不相逢，

永不相逢。

039 | 昨夜又见你

昨夜又见你，在不胜深浅的梦里，

回过头，瞥见你在冲我憨笑，

难道，

你追随我，到了 E 城，

我追随你，到图书馆排排崭新座椅之间？

难道，

在那高山之巅，你拔掉一棵棵君子兰是为了引得
我的注目？

我憋红了脸提醒"这是君子兰"。

"君子兰又怎么啦？"

你冲着我憨笑。

人生，如一场捉摸不定的棋局，

前一步，下一步，

放弃的丢失的获得的，

在梦里也走了一回罢。

昨夜又见你，

憨憨地笑。

040 蒲公英

如果前世，你是一棵高大多情的白桦树，

在盛夏的风里哗哗作响，

那我，就是那伏身在地的蒲公英，

默默地，在秋日将颗粒情愫飘散在漫漫空中。

原来，情可以这么漂泊，爱可以这么渺远，

留下的只是枝干躯体，

向着阳光、雨露，

待子嗣如蒲公英的种子在最适宜的土壤里落地生根，

播撒我们生命不息的神话。

| **你的眼神**

你的眼神，带着无限的妩媚，

如含羞草般，摇曳在我的眼前。

娇柔得，

如同三月里的玫瑰花蕾，

点滴欲开。

我动了十八岁男孩的春心，

禁不住，将三十岁男人的矜持，

化作一团粉红色的绣球，

抛向了你莫名的世界。

我的眼神，

绽放出第二个春。

| 春 日

春去春又还。

空等待；

寂寞无人语，只听冷风紧；

看斜阳西去，独留情影空徘徊。

北雁南归，未见佳人回！

043 | ## 无题（二）

怒放花径，且听风雨吟；

江水浊色，涨满落寞愁。

你，偷了我的心，

之后，我，就成了一个空心人。

外表完好、内里虚空。

体贴的话语，或许，只是友好的问候，

如风在管子里穿越，

呜呜声中，

让我重温一遍风过的失落。

045

青　青

我是春末青青的草，

荡漾在四月黄浦江畔的微风里，

瞧，那绿绿青青的低伏就是我窈窕的肢体。

客轮、货轮之笛鸣咽着，驶离海港，

透过那玻璃窗格，我似乎望见了泰坦尼克号人头

攒动，

杰克和露丝的生死别离。

蔓延的草色青青；

灼热的阳光刺了双眼，

一片片白色纯洁在黑色湿地、在礁石上飘逸，

靠近，再靠近。

穿着婚纱的新娘和新郎在江风里发唯爱的誓言：

你喜欢胖的，还是瘦的？

我喜欢你这样的——

……

大都市总能给出老练而普适的答案。

青青的微草，

娇弱地伫立在水之滨，

倾听那伟岸却永不兑现的誓言。

石头和浪花

江面的白浪，碰着石头，石头的心软了；

变得温润柔和，以为浪花要陪自己到永久；

潮汐来了，将美丽的浪花带走，

润软的石头哭了，却没有眼泪：

"浪花，你为什么要将我的心碰软呢？"

浪花说："我们终究逃不过宿命。"

多情的浪花流向远方，

又一簇簇缓缓涌来。

"在江畔等你，我的宿命。"

石头，

一万年的等候，

直到风将我化成土，

成为不朽。

047 | 有一颗坏牙

一颗坏牙造出神秘的臭味，

让偌大的宇宙失去芬芳，

心情跌入低谷。

怎么啦？

沉默，沉默，

永久的沉默，

不敢让你发觉衰老的落魄。

心境，如秋萧索。

年轻的牙医，

眼睛明亮，

动作果敢，

"你有高血压吗？有什么过敏吗？"

"没有。"

四个方向，他麻醉了牙根周围，

没有疼痛，但心跳加速了；

一个钳子一个镊子，

坏牙根，几秒后摊在了金属盘子里，

原本属于身体的零件，

回望了一眼。

人生总是要舍离，

要将新生活开启，

即便出了门，

遇见肆虐的寒风。

| 想和你一起看彩虹

想和你一起看彩虹，

一条完整的彩虹，

从长江的这头横跨到那头，

浊浊江水在虹的腰身下不歇东流；

想和你一起细数彩虹的赤橙蓝紫黄青绿，

从绚丽渐漠糊，

如同我们生命的颜色，曾经青葱，曾经炽烈，曾

经一往无前，

却终走向了净素；

想和你一起看彩虹，

这头是我们的青春豆蔻，

每一个细胞都胀满给予的冲动，

却不懂；

那头是我们再会的耄耋之年，

懂了，却再也无法给予；

彩虹，气宇昂扬，

将人生的这头连接着人生的那头，

优雅、色彩丰富地悬挂在雨后的天空，

看，看彩虹的我们终成了那道彩虹。

049 | 重演一场我们昔日的罗曼蒂克

盼望，一件事情——

落入你天堂般的怀抱，

忘记一切世俗和存在，一切失意纠葛，

只有你和我，你和我，你和我……

握紧彼此的手，

绕指柔；

温暖在两个磁场间流淌，

头顶是明媚阳光，

眼前是江水野蛮前行；

随着心灵的悦乐声，

双脚轻轻敲击着石椅，

那节奏，只是青春。

……

050 | 一遍遍

一遍遍穿行过去，

一遍遍憧憬未来，

生命如此匆匆，

来不及抹擦重写，

就已在下一站口。

是爱的力量，

让我前行；

又是爱的力量

让我无惧艰苦，

学一下李白的潇洒，

说一声，

今天，我爱你。

051 | 再　别

悄悄地，正如我悄悄地来，

我走了，

西天的云彩也失了颜色，

潋滟水波不再婀娜，

世界陷入了沉默，沉默在夏季的炎热；

难道一次次马赛克般堆积起来的情，

如同出了冰柜的冰激凌，

一点一点融化在夏的热浪里？

如穿过黑夜的风，不留一丝印痕？

多么想收到您的消息，

又是多么想斩断这个念头；

读了《再别康桥》，

轻轻地，

徐志摩走了，

赛珍珠也走了，

林徽因更美丽地活在了图片和文字里；

轻轻地，

我走了，正如我轻轻地来；

只好放眼，看那，

历史的余晖。

052 | 动嘴与动心

舌灿莲花、口吐珠玑；

在我的眼中，您的才华比天还要大，

凭一张嘴就能征服一方天下，

这绝不是我的谎言大话。

那边在动嘴，

这边在动心。

停止动嘴，很容易，关上门即可，

停止动心，回到原地，何易？

人生的悖论

053 | 过去 现在 未来

你说，我是你唯一的过去式；

我幻想，你是我完美的将来式；

一个阳光普照的日子，

我披着洁白的婚纱，

天使般挽着你的手步入殿堂。

……

哲学家在耳边宣告：

"过去和未来都不是真实的存在，只有现在才是

唯一的真相。"

送·别

折一枝柳，

将你送别，

将过去送别；

"柳"又是"留"，

留住过去，

留下痕迹；

这何尝不是我们的妄想，

时光如何会留驻？

人生，就是一程一程的送别，

每一程，

都有不得已，

都有哀伤落泪，

都在不断失去，

但总将新的里程开启。

055 忘与记

立志要忘记你，

忘记过去，

忘记羞辱，

忘记无助；

广袤的时空，

这些不由自主地被记起，

甚至清晰到某时某人某地；

如果都遗忘，

生命，似乎只留虚空。

……

生活的五味，

总有酸咸苦辣；

不管多难堪，

不管多苦难，

记，意味着力量。

056 | 背负十字架的锦鲤

一团火焰在透明里游动，

游来，游去，

脊背上是黑色的十字架，

像交叉的刀疤，

又像黑线打的补丁；

你，高贵，

勇敢，华丽，

在苏州博物馆的池水里，

玉环、玉带、玉璧、玉佩、玉琮，

梁盉、瓷豆、瓷鼎、瓷鉴，

与你为邻；

你，有文化，

穿越吴越楚，

从公元前六一三年到公元前二二八年，

一丛翠竹、五缸睡莲、十片山石，

竹帘、黑石、菱形窗，

还有唐寅、祝昌，

与你为伴：

你，背负着城市鼎沸的人声，背负着指指点点，

背负着红与黑，

交错艳丽的十字架！

057 | 诗人的讲座

《再别康桥》《沙扬娜拉》，

一切在诗人眼里都是诗；

意象、韵律、节奏

汇成流动感性之美；

百年前诗人的演讲，

令人吃惊：

各路词汇拥挤着、咆哮着，

激情澎湃，

却没有瞄准一个终点；

现代诗人鲜有发声，

一个诗歌音乐性的讲座，

就让我在中途下车，

缺乏逻辑的路上，

我找不到其所：

动物园的小鸟饿虎，

学生的朗诵，

解构、能指，

日法德俄：

散文与诗歌，

古代与现代；

济慈与杜甫，

后现代，人工智能；

天马行空，

诗人的思路。

058 | 手 机

你，已取代电视，

让现代人如痴如醉，

因特网，Facebook，Twitter，微信，QQ，抖音，

E-mail，拼多多……

只要有信号塔的地方，就有你的魅影，

躺着的、坐着的、站着的、卧着的、靠着的，

千姿百态，只因为你每秒钟的幻变和连接；

可为什么有更多的孤独，更大的荒唐？

一个"手机社会"的公民感冒了，试图回到最初。

她将一个手机使劲地摔向松软的沙发，管它摔得

浑身骨折还是肝胆破碎，

她将另一个手机静音，绞尽脑汁地为它找到了一

个好的藏身之地——保险柜。

她去看白云，读天气，坐着摇椅，摇啊摇，

天上的云流转，街上的人如织；

"不行，要和刚从上海回来的姐姐视频通话，

要给自己的朋友发个问候的微信，

要查看一下投出去的稿件有没有回音，

要网购一批种子，在楼顶开辟一个菜园，

要给孩子买一些奇妙的绿植……"

哦，天哪，原来还有这么多事情要赶紧去做。

手机，我的手机呢？

059 | 救与灭

高压将一个中年人推入了疾病的包围之中，

肉体和意志，抗争开启；

流体、粉状、粒状、枝状、花朵状、圆锥状、窝卷状、褐色、白色、黄色、红色、黑色，各色，

中医给了温和的面容和安慰。

可总在某一个不经意的瞬间，脑海响起一个声音"我是不是还有病"；

西医，让各种大的、小的、长的、短的、圆形的、扁形的、针体的、半球形的仪器，

来测量身体的每一个细胞，

看看有没有不合规范的数据，

拉着一张冷峻的脸，写下了他的命令，

要剿灭血液里所有的细胞。

"不，医生，我不想自己身体的健康细胞一起灭亡。"

"你是要命呢还是作死？"

一个难以回答的问题。

嗡嗡机鸣，

豆儿翻滚，

碾成了沫，

煮成了浆。

豆香，

浮动在子夜的操场。

夏夜的豆腐坊，

一半是火热，

一半是原香；

夜来香，

是黄豆的真质，

遇见净水和温度，

逸出的真情性，

胜过温室花朵的娇滴滴，

现代和朴讷，谁会击败谁？

061 | 三道门

家大家小，

总有一道门为自己而开，

岁月流逝，

更是想开就开；

知识之门越开越大，

似乎能把世界穷尽，

把世事洞明；

身体之门，

却越来越窄，

窄得无法通行，

即便岁月幽静。

慌张了，

这是衰老，是缩小，还是人生的边境？

行走的灵魂

骑行至黄浦江畔

五月二十七日，

骑一辆共享单车，

从 S 市图书馆出发，

导航去黄浦江畔；

高安路，法桐树在地上投射了阴影，

穿梭在光影之间，

我手里握着风，也只有风；

东安路，复旦大学医学院，

拔地而起新建的写字楼，

现代城市的童话，竟然如此冷醒耸立；

越来越少的人群，

快到了，黄浦江的水不知有多深，

任由高吨位长长的货船进进出出，

倚着栏杆，大船如小河里的玩具，真实得难以

置信；

似乎手臂再伸长一点，

即可触摸，拉入自己的怀抱；

江水不是浑黄色，

而是青黑色；

长椅已被占据，

坐在石墙上，

空望，

三米之外的黄浦江。

063 | 滴水湖的泪

从共享单车，到 N 次转地铁，

我终于在微雨渐歇的 2 点到了。

抬眼望见一片宁静的湖泊，

幽深的湖水拍打着木制人行栈道，

汩汩的水声，在耳边回荡。

湖中心屹立的不是临波仙子，也不是天边彩虹，

而是一枚巨大的铂金戒指，

来往的是退休的大妈大爷，拍照，望湖水；

说，牵着我的小手；

说，一起浪迹天涯；

却忘在了现实。

这座人工湖，湖水，多少孤独的伤心泪！

白色的海鸥在水面展翅、盘旋、低飞。

064

东海踏浪

年少时的梦，

如一张浪漫的素描画：

海边踏浪，

大手牵着小手，

模糊的印象画留在了寝室的柜子里。

百年时光即逝，

来到了东海之滨，

退潮露出的滩涂，人群三两，光脚丫；

一个人下去看看，

为什么不一起呢？

"那单车怎么办？包怎么办？"

掩饰、憧憬、东海浑浊的浪。

东海之浪奔腾而来，

一个呼唤在遥远的身后响起；

拾起一块贝壳，

在浪花将及的海泥里刻下大写的爱。

踏着东海细浪奔向了回归的路。

行
走
的
灵
魂

金陵之恋

昔日十二钗的曲子还萦绕在耳边，

今夕金陵美女依然若天仙，

天然芙蓉，皓齿黛眸，

看一眼不禁就要沉醉，

沉醉在她端庄的容颜；

金陵的府第多美宅，

大气中透露出曼妙，

如大家闺秀亭亭玉立；

金陵这座圣地，

侵华日军南京大屠杀遇难同胞纪念馆，

中山陵，明孝陵，雨花台……

哪一处不充斥着沧桑的记忆？

莫愁湖内陈列的诸位皇帝，

立着永不褪色的尊颜，

至尊王者，

也恋在了金陵。

066

夏日镇江路口

镇江，好地方，

二十世纪赛珍珠，一个美国女子，

书写了《儿子们》《大地》，

我在追寻她的踪迹，

润州山路被挖得面目难辨。

烈日，

不知何处寻旧迹，

联勤骑着摩托车从面前一笑而过；

饭店厨师不知"润州山路6号"所指，

迎面来了一个瘦黑的建筑工人，

浑身的灰尘，浑身的无奈，

无奈地目送。

"美女，赛珍珠故居在哪？"

一个黑瘦，但灵活淘着米的妇女，笑指："对面的梯子上去就是。"

暴晒下的十字路口，暴晒下的人，

终于，找到了要寻的"麦加圣地"。

小山丘上西式楼房，掩映在巨大的法国梧桐树里，

侣姆王妈，

黑白照片在墙上默默地"注视"着来往的人；

没有王妈，何以有安心创作的赛珍珠？

故居遥望着不远处，

四层云台阁上金灿灿的佛光万丈，

俯瞰着长江和支流的交合，

汇畔的绿池，深浅不一；

微风在阁顶拂面，

八尊罗汉在屋顶打坐祈福，

为我吗？

一个流着热汗的路人。

她正，

茫然地站在十字路口，

不知是进一步，还是退守？

镇江之风在身体穿透。

067 | 长江鱼之歌

冬日艳阳，

长江畔，

空气清新，

江水旖旎；

船坞的杆子，一条条妖冶的鱼悬挂，

二十斤，二十二斤，二十九斤，三十八斤，

花鱼，草鱼，鲤鱼，

排列整齐；

阳光从江面上空射来，

穿透干鱼，一片艳红，

如一束束火焰，

诱人至极，

美丽绽放；

草鱼多肉，身体浑厚，越发火红；

花鱼纤长，身体光滑；

从滑溜的灰黑色到光亮的红色，

生命没有消亡，

而是升华，以另一种方式存在。

金寨，金色的寨子

大别山腹地连绵起伏的天然翡翠，

一山连着一山，

一水接着一水；

那是绿色的天堂，

淮河支流㳇河的上游，

青山环抱的梅山水库，碧绿如翠，如幽幽静梦；

红军故乡、将军摇篮，

自一九二九年起数十年，十万英雄儿女，

开启彪炳㒷秋的革命斗争，

一万余烈士的名字铺满了整整一面墙，许多刚达
而立之年；

仅七百余名红军活到了建国初期，

洪学智、曾绍山……

这里就是金寨，金色的寨子，中国的革命圣地！

从这里，

泼洒鲜血和汗水的英雄们出发，

走向革命，

走向新的自主未来。

望星空

069 | 光——黑暗的眼

一丁点一丁点的光团似在江对岸的黑夜里飞行。

欲脚凌江波，

钻进漫无边际的黑暗，

追寻岸边丛林里时隐时现的光明，

追随他的方向，

一探他的究竟；

可他始终在不可企及的前方。

一个十四岁瘦弱女孩背着一罐自己炒的咸菜，

在暗无星光的凌晨三点，

深一脚浅一脚，

带着对黑暗的恐惧，用脚丈量着去学校的十五里

山路。

城乡相交的地间，

飘起团团鬼火，

却不见一个人影，

腿软、吓倒在地，

却又害怕不起；

爬起来继续前行。

无人陪伴，

只有黑暗和对黑暗的恐惧相随。

晨曦随着脚步的加紧，

开始播撒光明。

早读老师问："你脸上怎么有一块发青？"

"老师，是我不小心沾上了墨水。"

| **一直走，莫回头**

"一个人决不能回到过去，只有继续向前。"

罗曼·罗兰还是傅雷如是说？

一直向前走，

走过拥挤的人群，

走过迷蒙的路灯，

走过栉比的楼群；

一直往前，

冰山、沙漠、森林，

风，饱了容颜，

雨，滴穿了红心，

剩

你我的约定，

来，赴我们前世的约定，

向前走，莫回头。

071 | 广场舞的庐山

如琴，如琴，如一把碧绿的小提琴，

芦林，芦林，伟人游泳后居住的芦林，

美庐，美庐，外国传教士建的别墅，闪耀着斑斓
彩色的马赛克玻璃，

王安忆笔下浪漫的锦绣谷，空荡荡；

李白描绘的三叠泉，如白绸缎披挂下来，香炉对
着它飞紫烟；

四季只放一部《庐山恋》的影院，

一九七〇年七届二中全会庐山会议旧址，斑驳的
墙壁；

庐山是浪漫主义的，也是现实主义的；

是自然的、历史的、也是人文的；

夏日里清凉的香格里拉，

四面八方的人们如潮水般涌来，

人声鼎沸，车水马龙；

地势最高的主街——牯岭街，

商业繁华，

广场舞一拨接一拨，

嘈杂之声，

击退了一切鸟兽，

继续聊天、逛街、吃大排档、打麻将；

山，何以不再为山？

072 | 庐山的净与静

枞树杉树，高高耸立；

松针树叶，随风散落；

蘑菇，野果，已难觅；

地像被耙子梳理，被水刷洗；

整个古木森林，没有兔跑鸟鸣，

死水般的寂静，间隙射入的阳光，若游丝；

那些生长过的灵魂呢？

牯岭街土特产店，

袋袋饱满。

石鱼，木耳，蘑菇，灵芝，

万物生灵拥挤在一起；

如果它们是山珍，叹它们被迫离开自己生长的山地，在这袋子里干瘪一天又一天；

如果它们是养殖物，叹它们被想牟利的人放在这鱼目混珠；

这崇山峻岭里的净和静，让人觉得惴惴不安；

千山一面，

即便唐宋诗人恐再难写出名垂青史的佳作。

随　感

073 | 深　夜

深夜十二点，

独一扇窗户，

孤寂地明亮着，

墙壁般冰冷的光，

透射出正方形的窗，

好似一个独眼，

冷冷地扫射着这个莫名的世界，

黑之下，

掩藏着什么？

独身的明亮在问。

074 | 江风闪烁

风从远方飘来，

从你处飘来，

穿过闪烁灯火，

劈开黑暗江面，

来抚摸我的身体、我的脸；

和我跳一支舞，

一支狂野的自然之舞；

任你的风撩起我的长发，

撩起自由，

撩起信仰，

让一切在风里活跃，

闪烁。

075 | 定 格

在蛐蛐的鸣叫声里，

一只花蝴蝶飞来，

落在电脑屏幕拐角，

浑身摇曳着纤弱的美丽，

颤颤巍巍地飞走；

一只小绿ヨ，

合着稚嫩的翅膀，

举着绿色发丝般四肢，

愣头愣脑，

往拐角处爬；

不一会儿，

花蝴蝶再次出现在初停的拐角，

展开了美丽的羽翼，停留，

后面趴的不就是那只小绿虫？

它似乎害怕了，

不再往前爬出一步，

轻盈，飞走，

定格一辈子的转身。

这，不就是曾经的我们吗？

076 | 致中秋节

今夜露未白，

故乡月最明，

游子心。

故乡是那遥远的一处记忆：

春日杜鹃亏起，声声逸；

秋时叶叶舞，漫山黄。

离别随梦想太长，

他乡即故乡，

共享一轮明月光！

| **都会图景**

一望无际的平原向天际延伸开去，

建筑的森林将稀有的自然淹没；

我以为已离你很近很近，

那流光溢彩的都市夜景，

那高耸入云的摩天大楼，

可发现，还有十万八千里！

在这里人人都很文明礼貌，

却少有人会对你真诚地微笑，

似乎人类的笑已固化成了一张张紧绷的皮，

我也学会了将微笑收起。

078 | 路

路，是这么曲折辛苦，

日出日没，

灯火明明灭灭，

进进出出在陌生的街口；

只希望骑车的时候，

风不要太大，

把衣服绞进车轮子里，

雨不要太密，

让伞也挡不住雨滴，

阳光不要太热，

让双肩的包挤出了一背的汗，

路面不要太颠簸，

让追随我的电脑还能正常干活。

萨克斯曲《回家》，

如旗帜般升起在图书馆的时候，

路，一切，又是那么美好！

望星空

月·色

白色的月落在橘黄色的云层，

像一张鸡蛋煎饼摊在苍穹，

渐渐被乌云一口一口吞食；

啊，我们的童真，

不也如此，

一点一点被世俗的尘埃掩埋？

080 | 异乡的云

　　一望无际的晴空似巨幅画卷铺陈在异域高远的

上空，

　　灵动的是神游的云，

　　洁白飘逸；

　　素衣敦煌飞天神女，

　　袅娜在树梢、屋顶、头顶，

　　想伸手去迎，

　　她，却远行；

　　又似春日里的鲜花，

　　一朵朵盛开，

　　一朵朵流离，

　　一朵朵融化在醇厚的蔚蓝里。

曾以为异乡只是一个庞大的机器，

只有机械的呼吸和脱离自然的伪饰；

曾以为只有故乡的云和晴空才美如诗情画意；

然而这一刻的瞥见，

我忘了饥饿，

忘了乡愁.

忘了回家的路。

081 | 圆　缘

你是路人甲，

你是冤家乙，

你是对头丙，

此刻却在一个圈里相遇，多神奇！

我不得不相信这个世界是圆形，

总有一处，我们终因缘相遇，

握手、点头、微笑、拥抱，

为友、为生活、为饥渴；

陪你走一段路，

唱一首歌。

082 | 窗前飞雪

独坐窗前．银色苍穹笼罩天下万物；

思"未若柳絮因风起"，千年已逝；

斜斜密密．白雪如织，

落地成水渗入缝，倩影去无踪，

更惹人怜爱无数。

083 | 重返校园的路上

从日光走进隧道，

从灿烂走进阴翳；

从喧嚣走进沉寂，

夏尽秋来，

向前，车轮声声，

重见了光明；

天上白云流转，

人间枝叶婆娑；

新的气象，新的路，

只有情怀依旧。

愿望·待

五颜六色的愿望，

已不止一次如肥皂泡般破灭；

碎片，

和着冬日的寒风，

在空旷的荒野徘徊游荡；

欲觅一处无风的港湾，

却要经历更多的彷徨；

我知道这些话迟早要说，

也明白将面对如何深重的失落，

失落，我不怕，

只不过是用一生来等待。

我根本不知道你在哪里

人头攒动，衣袂飘飘，

各色汇聚，阳光斑驳；

寻你，

却不知道你在哪里；

灯火阑珊，思源湖水黝黑，鱼群涌动；

风穿过叶的声响，你静默在楼前，

我要回去，要带你一起离开；

可我不知道你在哪里，

不是我将你遗忘而是你在人群里隐没了身影，

我的宝马

——天蓝色"永久牌"自行车，

一言不语，

我只好等那一见如故；

锁，生了锈，

钥匙也无能为力，

只好把你留在原地，

被遗弃的孤儿，

蓝色的你依旧明亮地绽放在我的记忆里。

随

感

086 | 夜的行走

橘黄的灯光似天使之翼，

在空旷的夜空，无限延伸；

一簇簇红色的车灯如桃花灿烂盛开，

一片粉红色的氤氲，焕发着梦幻的神秘。

人人都买好了目的地的车票，

却无人确知车子开往何处，

黑夜的前方是未知。

回眸刹那，发现原来你是一颗带白毛的桃子，

我是怎么将你从嘉定区买回？

一定是在我六十岁昏花的目光下，

卖桃人偷偷塞进了布袋；

卖桃人守着他的秤和装载着桃子的卡车，

用眼角的余光瞄着对面的同行，

他的脸黝黑，发凌乱，

风尘仆仆；

这个带白毛的桃子静静乖巧地待在袋子里，

曾经的鲜艳与妖娆，

曾经的生扎与活力，

曾经的多汁与娇嫩，

却被一个细菌击败；

天天青春，

终抵不过岁月；

灰色，

一点点在蔓延，

被抛弃的肉体，

终将碾为尘泥，化入土。

影 舞

影之舞，

充满着黑暗，

充满孤独．

充满自尊和自宠，

宁与虚空为伴，

不与污浊为伍。

089 | 七月宜城之风

七月宜城，

狂风怒吼，

高楼颤抖，

何以安守？

唯有下楼。

下楼，

下楼，

夏树碧绿依旧。

090 | 真正的森林

真正的森林是进不去的，

它是铜墙铁壁，

是密不透风的地球防护服，

是致密的绿色玛瑙石，

是任劳任怨的母亲，

任凭反击雷劈，

也沉稳坚定；

黄昏，与黑暗融为一体，

黎明，与天空相互托衬；

真正的森林有无数的秘密，

即便是科考家也无法参透；

无数的生命，

无数的奇迹，

默默书写无数的春秋故事；

乳白色薄雾从林间徐徐升起，

世人向往的修炼胜境；

古人凿一方洞穴，

从此避世又苦思救世；

今人透过玻璃车窗将神往写在了眼里。

是的，多少人想融进那林海绿，

却无能为力。

091

学游泳

一荡一荡是你美丽的波，

我把身体浸入你的怀抱，

温柔的碧波，

没了我的双肩，

留我的双眼，

徘徊在水面；

一圈圈的碧湾，

温柔中夹杂着博大，

想学着美人鱼的姿态，

潇洒地摆动双臂，

优美地拍打着双腿，

可是你温急的力，

将我的镇定一次次击破，

独让我在你起伏的波浪中，

徒劳地颠簸。

夜空之星

从现在起，我们要像天边的两颗星，

在深邃的夜空互相照耀，

再不要孤独和寂寞！

这，多么美好的愿景；

望月时的心血来潮、突发奇想；

谁说过：人，生而孤独？

谁写过：百年孤独？

乌云隔断

星空夜话。

星空，心空，

星空里总有星星，

心空时却只有无。

喜 好

喜欢"漂洋过海来看你",

反复听练唱,

却总是无法准确表达;

别人的情感,何以能复制?

阿童木——蹬着火箭从天而降,

这个表情,

好笑的模样,有趣的童心,

足以让我开怀大笑。

这一笑就足够我缅怀终身。

| 诗神远离

诗神离我远去，

在我和一位一天读佛经一千遍、即将退休的女教

师入住一室之际，

在我随着百人大队笑谈行走于青山绿水之时，

在我读完两本中国古诗词之后；

人类所有的情感都已被古诗词人抒发完毕，

睹物思人的情怀早已被效率取代，

慢熬细酿的诗意终成了一种失意，

诗歌拿什么进行现代交际？

当悟出这些真相的时候，

所有的诗情诗思诗语都离我而去。

095 放 空

晚八点的长江，端秀的振风塔变换着色彩，

江面涟漪微微，船只往来穿梭，

黄梅戏，交际舞，抖音直播，

还有一架架飞机在飞行；

一架无人机快速飞入了云端，

一个红点闪烁不停，

终于明白无人机科技的意义；

船开走了，

天也空了，

只剩上和下两大片空无；

从此，安顿于这片空无，

只有风与我为伴。

轮船·江浪·饮孤独的心

轰鸣的轮船终于停航，

宽阔的江水，

不甘留下寂寞，

借风的力，

拍打着江岸、石阶，

层层白浪如花，

何以如此彻底，粉身碎骨，

却依然亲昵着江岸？

江面而来的旋风刮断了振风塔刹，

五月中旬的一个黄昏，

数百人围观、拍照、发圈，

百年以来的热闹非凡，

却无一人能让佛塔复原如初，

各种说法；

莫名的落寞，

走在江边潮湿的路上，

遥远地盼望，

那佛光的乍现。

望星空

097

竹林·瓦房·村庄

就是这片竹林，八岁女孩清晨放牛，

对面山脚下的学校，铃声清悠幽；

就是这片竹林，暴雪连下七天，

所有的表面被冻冰覆盖。

清晨，叫声惊醒了女孩，

"山上去捡野鸡咯！"

野鸡如黑色大花朵般散落在洁白的雪布上，

辣辣的香味，

那是母亲灶火炖好的麻辣野鸡肉，

百年一遇的香！

就是这片竹林旁边的瓦房，

你们来了，离开，

来，再次离开，永久地离开，

无语，却永不瞑目；

屋后的两棵大树枝繁叶茂，

落叶纷纷，

堵住了排水口，

盖住了瓦片，

风起，枝干群魔乱舞。

对面的学校一半成了宗祠，

供奉着祖宗牌位；

一半成了村民活动中心，

悬挂着各种标语；

曾经的孩童已挂满沧桑；

不再有熟悉的脸庞，

不再有亲昵的呼唤，

不再有父亲母亲温暖的目光，

也不再有八十年代蓬勃的村庄——

只剩八个人留守的村庄，

草树蓊茏、拖着青春又年迈的躯体向历史的明天

缓缓而去。

随

感

098 | 山中睡莲

山中睡莲，

似繁星点点，

闪烁在黑幕似的静水间。

我说：这是山中无人莲，

你说：有"怜"需人至；

我说：人至又如何？

你说：野百合也有春天？

答不对题，

带个问号，

以问题回答问题，

自己无法说服自己。

睡莲，闪烁在群山翠绿间。

099 | 静·夜

就是那一只蟋蟀，

在紫色的万花丛中唱响，

那是思乡由，

是黑暗中旳泪流满面，

是千年的静夜孤独。

想，却无法触及；

念，却无处发声。

高楼，星月，云层，

蟋蟀，独鸣，

一只猫，左温柔地夜行。

100 | 醉是江南烟雨时

又是一季春初，

微雨似雾，

雾如酒，

醺醺；

撑一把伞，

轻踏烟巷，

探寻，

一个背影，

一声呼唤，

一次握手，

一个别离……

那微醺的，

是情，

是意，

是江南的雨醉迷濛时。

随

感

101 | 顾影自怜

夜晚摄影师，自封的名号，

上传了一组在绿色篮球场灯光下的影子，

一人，一手机，一束光，

脖子再伸长，

角度再转换。

突然某个清晨，回想这一幕，

一个词涌入脑海：顾影自怜。

对着夜的光，

对着光的镜子，

对着明镜似的长空，

对着长空似的水；

在人生某个瞬间，谁不在端详着自己的影子，

怜惜着自己？

得意，失意，尽意，

点滴融进了岁月紧握的皱纹里。

102

又见宜城雨

春月里，

宜城的雨常常在你不经意间悄无声息地下起，

迷迷蒙蒙，淅淅沥沥，

丝丝毫毫渗入地面、建筑、草木，直至它们都变

了颜色。

天潮湿了，地潮湿了，

似乎睡时的梦，

醒时的思想也湿了。

需要撑一把天堂之伞，

穿梭在宜城炊烟四起的市井短巷，

锡麟街里寻锡麟，

沿江路畔觅长江，

一片苍茫。

回戴望舒的诗里，寻——

举一把油纸伞紫色的姑娘？

细雨和着斜风，

走入霏霏．令人想入非非。

| 组诗两首（一）

（一）区景有感

孤鸟吾前走，

硕果挂枝头；

天地须臾间，

万象皆在变。

Reflection on neighborhood scenery

A lonely bird walking ahead of me,

Ripening fruits hanging on the tree,

Time passes like a blink,

Quietly changing everything.

（二）雏鸟

雏鸟落阳台，

惊慌把翅舀；

善意双手擎，

振翅飞入林。

Fledgling bird

A fledging bird dropped into my balcony,

Fluttering in great panic its tender wings;

Raising both hands,

I set it soaring into that foe tree.

（2022 年 9 月 16 日星期五漫步小区有感）

随

感

104 | 组诗两首（二）

（一）鸟·林·月

孤鸟林间走，

一步两摆头；

引吾欲伸手，

天地冷风秋。

A lonely bird in autumn

With one small lonely step through the shrubs,

Twice the alert bird looks to the left and right;

Such tender temptation in front, I stretch out my

hands;

Between earth and sky, a cold autumn wind starts to

arise.

（二）明月知我心

明月当空照，

吾心你知晓；

欲行千里路，

风绞万树梢。

The Moon knows my heart

The bright moon shines high above;

You know my heart

Wanting to travel a thousand mile,

Yet the autumn wind swirls tree heads fast.

随

感

105 | 失 去

我明白我已经失去了你，

虽然我也从未拥有过你；

距离加沉默，忐忑，

你有你匆匆的脚步，

我有我江畔的歌舞；

多年，

你来了我反而不适应，

我走了你也不会怜惜；

任凭我一站一站地上车，下车，

如一个逃难者，大包夹着小包；

风尘仆仆。

106

风中的不死鸟

国庆节第三天的骤风把思绪、青愫都刮得不知

所向，

只剩一双空洞的眼睛，

望着灰蒙蒙的天空，

天空似乎也并不存在，

只剩强弱不定的呜咽在时间的隧道里嬉戏。

国庆节第四天，

骤风依旧，

睡许久，

听雨点啪啪啪；

邮购的植物顶着风雨来了，

叶子上再长叶子，

她叫"不死鸟"，叫"落地生根"，

她的叶子落了，

插入土里，却在叶子的边缘又长出了一排嫩叶，

不死鸟，落地生根，

多好的名字，多顽强的生命！

风之呜咽，生之所向。

十月十日的嫦娥奔月

今夜，

嫦娥带着她的玉兔奔向了月宫，

月宫，放出五彩光晕，

光晕，织戎了云锦，

云锦，铺就了嫦娥的华床，

卧华床，无限思量，

从此，独舞一支长恨歌、曲霓裳。

长江大桥

白天，我带你去了长江大桥，

你用一支黑色签字笔勾勒出太阳遗留的暗影，

像一首了无形状的黑色挽歌；

夜晚，你带我去了长江大桥，

灯一盏盏映照出桥体的根根支柱，

像一束束焰火喷涌向天空；

力和力的对峙，

情与情的权衡，

维持着现实的宁静；

距离是一种力，

生活是一种力，

爱好是一种力，

才华和美都是一种力，

让我们彼此吸引，又互相保持距离；

灿烂的阳光，我睁不开眼；

夜光里，我睁大眼睛望江岸星星点点，

却看不清细节，

只想起，在这个桥头，三个人，

曾流连于此，若情深深。

109 | 简　化

将日子简化成日出、日落，

将生活简化成一粥、一榻，

将生命简化成一趟从幼儿到年迈的旅行，

将人和情简化成一滴水。

所以，你卖掉了房子，

卖掉了必需之外的所有附件，

对惊讶的我说："the less, the more。"

退休后的你加入了山野骑行队，

一头银发闪亮在崎岖的黑色山路。

110 | 减 肥

夏天的热风，让我减了两斤，

秋天的落叶，让我加重四斤。

衣服一件件添上，

体重不见下降。

我的体重计就这样，

追着四季，

在减肥去见你的路上，彷徨。

111 | 江 思

江风抚柳，时无时有；

江浪拍岸，时悲时欢；

江水铺展无限的黑暗，

江畔见证短暂的相逢；

天的无垠，江的辽阔，

心当如此，

无所不装，却又无所装。

中年与青年

痛苦，如火般燃烧着中年的内心，

中年说：说这些是想你进步；

青年却说：心疼你。

是你在摧毁着历史，还是历史在渐渐掩埋着我？

"青年，请放下虚拟，放下廉价的快感"；

"中年，请不要试图控制，不要引我入你的桎

梏"；

交替的日夜，

四季人生的轮回。

113 | 松鼠·飞鸟

清晨五点多的天空微微发白，

一只松鼠速行在高压线，

跑一阵，停几秒，四处看看，

机警，

两只鸟紧飞其后，似乎在逗它玩耍，

它们是旧识，昨天松鼠还爬上鸟栖的树梢嬉戏，

今天，它们一起向前飞奔，

鸟儿的翅膀铺展，

松鼠的尾巴高翘，

它们正在乔迁新居，

新居在河畔公园；

林长制让公园成为它们新栖息地，

那里有它们的兄弟姐妹；

瞧，

三只小松鼠，

无比机敏地从一棵树到另一棵，

攀爬、跳跃展示着生动活力；

迁徙，迁徙，一切生物的本性。

114 | 爆竹·万户

上天入土的灵魂，

射上高空，

粉身碎骨，

却留下惊艳的一鸣/名；

于是，月球的环形山，

成了你不朽的墓碑。

诗 叶

夜，

呼啸的春风扫落树叶，斑斓一地，

如庞德的《刘彻》：

And she the rejoicer of the heart is beneath them:

A wet leaf clings to the threshold.

今，

无皇帝，元宫女，

只有思绪；

晨，

呼啸的春风又催生新叶缤纷，

吹开了紧闭的户门；

盼望有一片枝叶快速长到我高耸的窗前，

凭我抚摸，嗅舔。

116 | 三月到七月

三月是用来端详的，

花苞，

腼腆羞涩；

四月是用来闻嗅的，

记忆里整条街的树都散发出体香，

怎么也闻不完；

四月的江水充斥着浓郁的鱼腥味，

弥漫在整个江城的上空，

似乎水底的鱼都在恋爱、孕育、分娩；

五月是用来听的，

一曲《上海滩》的百转千回，

激起沉默的情思万千，

爱恨之间，半生已越；

六月是用采手舞足蹈的，

翩翩的是轻盈的裙摆，

一片俏丽和洁白。

从三月到六月，我整个的青春都在忙碌。

七月，热浪滚滚，

如狗，喘息不停。

随

感

青蛙鸣叫

一只青蛙鸣叫在窗前，

断断续续，

无情又有情，

黝黑的夜，漫漫长长的空白；

呱呱的叫声，

告白，如此勇敢而煽情，

让人不由侧耳倾听；

这静夜，

独一人在听，

或独唱给一个女人听；

我们的触摸就在声音抵达的那一秒，

不知你是孤独的，

还是有人相随的，

但你的叫声给了我童年的陪伴。

随

感

118 | 树梢的"机关枪"

高高的树梢藏着一架"机关枪",

哒哒哒哒,

在六月六日的七点响个不停,

谁是它的敌人?

天空,空气,还是黄昏?

再听,

原来是一只特别的鸟,

卖力唱歌给谁听?

天空的白云?还是璀璨的星星?

都不是。

他的情人终于现了身,

盘旋在高密的枝叶间,

他们俩，如向东南的孔雀，

比翼飞向另一树梢。

随

感

| 郁达夫在宜城

读你的《沉沦》，

如你的人生，抗拒沉沦；

读你的《为爱繁华误入秋》，

接纳弥漫的故都秋意；

如你的姓，苦闷忧郁的文字，

垒起你文学的丰碑；

想不到你曾三赴安庆，

红楼前，我仰望你的容颜；

一九二一年十月一日赶赴宜城的你，

心境如何？

宜城的名胜、公园、庙宇、街巷、戏楼、茶馆，

在《迷羊》里勾勒出你年轻的生活轨迹，

怕羞、好奇、率性；

一边是

大观亭的小山，

西门外的大街，

最热闹的三牌楼大街，

北门横街上的小酒馆，

旧时青天白日道台衙门，

司下坡，

杨家拐；

一边是

菱形湖，

十里荷塘，淡淡夕阳，

名刹迎江寺，映入扬子江；

小城单调的生活，

带着人物谢月英登塔看江，

你说："迎江寺的高塔，返映着炫目的秋阳，突
出了黄墙黑瓦的几排寺屋，倒映在浅淡的长江水
里。"

黄墙黑瓦今犹在，

故人去无踪，

沿江路上车水马龙；

刻一段历史在文字里，

留下你的印记，

宜城和你，两不忘，

足矣。

120 | 冬 柳

无尽的柳叶铺就栈道，

无穷的姿态肆意落躺，

如何，我才能让你站立，

高傲地英雄般地站立？

无能的路人徒做无奈的叹息。

踯躅踯躅

了了无头绪

踯踯复躅躅

惊起寒鸦无数，

扑噜扑楞楞

飞离无叶与冬柳

……

丝丝条条柔柔荡荡，

点点大大密密麻麻，

生之萌芽，

悄然自发。

121 | 卯兔立春

昨夜西风剪剪，

剪却青丝缕缕；

今日东风送春，

春色满园桃花红；

女儿国，言三藏，

信念vs欲望？

策马扬鞭，奔向远方。

122 | To be alive

Sitting and writing on the dining table day and night,

I can't help pondering what it is to be alive.

Wooden table stands silent yet the white plastic table

cloth takes the imprint of my thoughts;

it reads back: "I dream."

Potted plants, barking dogs, flying birds active in their

own ways,

Yet none of them could articulate: I dream.

Love it or not, the salad of life self—made or offered

free,

Growing and changing each second without being no-

ticed;

Tastes differ with individually—weighed condiments.

Life transforming and transient, it is "I dream" that brings forth infinite living possibilities.

随

感

123 | Quiet night

Looking into the dark sky, I see two stars seem to be moving, artificial or natural?

Hard to tell.

Elon Musk's Star Link, and God-created stars, all line up in the sky;

Ancient legacy or hi-tech invention,

What to embrace?

Under the sky, the waters, the reeds, the happy laughter,

All the sensual sounds of the animal world give meaning and life to the high summer night.

124 | Loneliness

"Loneliness is killing me now", goes Jennifer Spears'
youthful and sweet voice.

Now loneliness is turning me into a fly, mindless,

Eating whatever comes my way,

Fluttering wherever I can,

Fantasizing whatever I will be;

Loneliness like a stunt knife,

Bit by bit splits our body and soul,

Bites off our fresh flesh,

Leaving us in a trance,

unconscious of any future directions

Gray autumn wind blows loudly, calling for the fall of
a pure winter rain.

I must have lost my mind.

The second you talk with me, I feel as if I had the whole world like a queen;

The moment you depart, I am not even a dust particle, so I feel.

Once, you indeed presented me the whole world in my youthful mind,

A kaleidoscope flash in a lifetime;

But it vanished the minute you made the New Year resolution, however new it was,

The word— "Leaving" seeps into my mind;

Yes, it is time to leave the past behind.

Tortured between being given the whole world and

nothing,

   Why not choose to create a world of my own?

随

感

Teasing the bank of the Yangtze River are various dancers:

Paired dancers in their 60s, elegantly dance to the ballroom dancing music;

Folk dancers in their 50s, choreograph to pop songs, flourishing pink and yellow fans;

Free dancers dance with flexible and quick movements to dynamic disco.

One more group, the most stylistic one—

Fluttering their youthful wings,

Hovering over the swollen grayish river,

Lower their tiny bodies onto the wave tips,

Pecking the lips of the river like the ballet dancers

tiptoe on the floor, lightly and swiftly;

The young ones dance back and forth, sketching a
long long curve,

As if in a ceremony celebrating their growing up in
the early summer.

Dark sky as the infinite curtain and singing of Huang-
mei Opera as the music background,

All these tireless dancers enjoy the beat of life,

With the Yangtze River forever-flowing.

随

感

127 | One impossible dream

Staying in the worldly golden cage,

Bound for too long time

To feel the real desire and satisfaction of being alive.

Taking up Tik Tok, as a Narcissist,

As an online host or a matchmaker,

As a lead Chinese Square dancer in loud colors and clear-cut uniforms,

Self-taught, self-choreographed,

She tries all social media, all means of showing traces of dreams.

Leaving you is her unspeakable instinct,

Staying with you, her forever family responsibility,

Between free fancy and veiled reality,

How many split selves a dream has?

128 Pinecones from Tongji University

A glass fish tank filled with four pinecones, unusually big;

Why hard brown pinecones occupy the palace of the colorful tender little golden fish?

Special pinecones picked up from the ground of Tongji University,

Embody a mother's dream:

Her smart kid will work himself into such a top university.

These pinecones are beacons in the vast universe.

Years gone by,

In the Mother's blurring eyes, the pinecones are as good as ever.

随感

129 | A parrot in a bamboo cage

A speaking parrot in a luxurious bamboo cage,

Shiny black with yellow rings around two black pupils,

Keeps hopping up and down,

A perfect balance dancer.

Eating a tiny bit, taking a sip of water,

Picking up the little turnip chunk, moving it into another tiny porcelain bottle,

Like a hardworking housewife,

The bird teasing and imitating humans:

Ni Hao.

Wei.

Hello.

Boss, Boss.

Hello Boss.

Wish you made a lot of money.

Hahahahaha.

A lonely talkative male parrot,

Pitiful and thoughtful;

Startled by his own words,

Fluttering around,

Not a chance for unbounded freedom in the locked

cage.

One day,

I was told the parrot managed to escape when the door

was left open.

随

感

130 | A piece of land

I will have a small piece of land,

Where I am the owner of myself,

Where I will have my many ideas realized,

Where I shall have healthy food planted;

One part will be planted with juicy tomatoes which ripen day by day in the sunshine;

One part for homely cabbage which shimmer with beautiful greens;

One part for chili, garlic and onion, whose strong flavors give strong spice to mundane life;

One part for ······

It must be a magic place which turns mortality into immortality.

125.13

Love me the whole life?

It sounds so in the Chinese transliteration.

Successful, gentle, middle-aged,

A husband with a son abroad.

Stable life and promising future;

Who can afford to lose any?

It is loneliness that drives both you and me crazy.

Chatting, chatting

Till we exhaust the words, the worlds,

Exhaust ourselves,

Like two beached fishes, lying side by side on the beach bubbling the last bubble

To the high sky.

132 | A photo needed

On the bank of Xuanwu Lake,

Tenderly waving are the greening Willow twigs.

Standing by the waters , a handsome mid-aged man,

The smile, arousing a lady's audacious fantasy.

Quickly shown and withdrawn,

Their photo exchange as a way of first acquaintance

Disturbs the tranquility of both hearts.

Many years ago by the lake, a stranger asked a girl to

produce a name card to make the world know this postgrad-

uate of foreign languages;

Too practical the idea sounded to a naive heart,

She refused.

Years later, the terminal of the in-between journey is

now set in a remote rural area with thick concrete forest;

The then Xuanwu Lake Terminal for route from City A
to City N has become a bygone memory.

Now the stranger is standing there,

Goddess-like and inviting,

Yet one is never able to touch, for it is just a photo.

随

感

133 | Rains of the city

Rain,

A frequenter to the city perfectly situated among rivers and lakes has a capricious face.

Sometimes, it gives the city a flitting kiss.

Sometimes, a lingering touch.

Often, it rains cats and dogs,

Forcing lazy grasses, trees, streets to wash their faces.

All the doors and windows shut,

The interior ceramic tile walls unstoppably sweat,

As if they were having a hotpot.

134 | To the beloved Yangtze River

You can never be sure how deep the Yangtze River is;

Rare drought makes the water drop over ten meters,

exposing gray bank stones, and even ancient Plank Path;

Yet one after another, big cargo ships are still cruising

on the River like a shoal of fishes;

By the River, I am standing beneath the Big Dipper

Constellation, the ladle of Beidou,

Seven stars like seven eyes of the Universe overlook-

ing the bustling world kindle admirers' imagination;

Human lights, red, green, white, yellow ignite love,

passion and dream;

However immeasurable you are,

I will always stand in your breath.

Mum and Son, Moon and Sun

Glad to be around you like the moon around the sun,

Like a satellite, Mum shall be proud to reflect your light to the world when it is strong enough,

To warm the cold and lighten the dark where brightness is sought after;

Little, feeble you may be at the beginning,

But Mum believes there will be growth in your body and mind;

This transformation can be painfully slow or surprisingly sudden;

Hollywood heroes, your childhood icons:

Spider Man, Flash man, Green Man, Iron Man, ……

Your pure eyes always filled with heroic excitement;

No others can interpret better the origin of every tiny movement of yours;

No others would cherish the same amount of hope as Mum,

That you will sing yourself a happy and warm song in the bustling world.

随

感

后 记

感谢朋友们在一个忙于生活的时代，依然心怀"诗和远方"。特别感谢加拿大的Stephen先生在表达了对本诗集中英语诗歌喜爱的同时，对少许措辞提出了宝贵的修改建议；感谢上海交通大学刘华文教授准允本诗集收录其诗二首；感谢李彦等作家以美好的作品影响了我；感谢安庆师范大学外国语学院以良好的氛围熏染了我；感谢家人们给了我创作的自由。

感谢安徽师范大学出版社对本书出版给予关注，感谢支持本书出版的领导和编辑！

余小梅